현대시세계 시인선 123

적당하다는 말 그만큼의 거리

박권수
시집

적당하다는 말 그만큼의 거리

박권수
시집

도서출판 북인

미루나무 잎 짙어가는 날

어머니는 밤마다 꿈길로 오고

책장마다 손길 적시고

2020년 10월
박권수

차례

1부

거울

창가에 벌레 기어간다
아래가 수천 땅끝이라는 거
알기나 한 건지

그 작은 몸짓
모든 배경 삼키고
창 안에 있는 날 보고 있다

바람 불어 쓸려간 자리
움직이지 못하는 찰나

의자

반쯤 걸친 불빛
구겨진 창문으로 귀 열고 들어와
사람도 마음도 모두
반으로 굽은 지하

들어온 햇살보다 가둔 발자국 많아
열어둔 현관문은 언제나 빈손
지나는 바람에도 작은 손짓
여리고 가벼운 것 구석으로 몰려다닌다

멍들고 지친 반쪽
누렇게 뜬 밤 지나고 나면
아침보다 먼저 일어나 문 앞에 서
혼자 마중을 한다

못

가까운 사람이 떠날 때 내 안에 못이 자란다
못은 무게를 달리하며 굽어지고 부러지기도 하지만
형태는 그 사람 모습 닮아
바닥의 깊이 달리한다
오랜 자국 검버섯처럼 피어 시간을 묻고
스스로 균열되어버린 자리
붉은 목젖 홍반 되어
닫히고 열고 열고 닫히고
반복이 일상을 두껍게 한 뒤에야
깊게 배인 녹
오래도록 그 무게 감당하고 있다

봄의 무게

무게 달고 내려앉는 꽃잎
가벼운 것일수록 자리잡지 못하고 흩어진다

그는 오래 혼자였고
동공도 일 자로 갇혀 있다

세상은 좁고 차갑게 보였고
허리 둥글게 말아 부딪히지 않으려 한다

이틀만 지나도 고양이들이 낯설어해요
느슨한 점심이 그의 말과 손짓을 부드럽게 한다

그림을 준다 검은 바탕에 흰 색 그림
세상이 거꾸로 보인다

그늘을 잡은 듯한 악수
터미널로 향하는 그의 걸음 사뭇 느리다

등 굽은 인사

아래로 더 아래로
등 굽은 어르신의 인사

깊은 산 거친 숨이 냉동된 버섯
건네는 손길에도 검버섯 피어

굽은 인사 무게 더하고
의자 따라 일어나 인사를 하고

내려앉은 하늘
등 굽히고 창 밖에 서서

낮술

어디로 간 걸까, 찢어진 약봉지
눈 밑 젖어 있다

식탁에 수저 한 벌 누구냐 물어오고
기다림에 지친 문 대답이 없다

화분에 꽃 다 뽑아놓고
햇살만 기웃거리는 텅 빈 아파트

쪼그리고 앉아
다가와 잔 건네는 기댄 그림자

푸른 세상

바닥 올라오고 있다
깊은 바닥일수록 푸른 빛이다
바탕 가리지 않고 피어난 싹은
하루하루 자신의 숨소리 기억한다
작은 것일수록 몸 낮추고
때론 밟고 지난 것에도 등 내밀며
일어나 모든 세상에 잎 달고는
오래 응시하고 오래 기다리며
기대고 짚고 일어나
땅 높이에 가슴을 묻는
한번도 스스로 무너지지 않는 들판에
거친 숨소리 싹 키운다

무말랭이

고거이, 고것이
몸에 좋다는
생긴 것도 품위도 다 버린 고거이
몸에 좋다잔여
사람들 입에 오물거리며 들어가
위나 장벽에 꿈틀거리는
그래서 다른 것보다 생긴 대로 순응하는
그 몸짓이 편해 보이는
가소롭게 생각들 말고 함 입에 넣어봐
약간은 매콤하고 달콤하면서 때로는 아리고 저미는 맛
그러다 후다닥 밥도 없이 먹고는
뒤돌아 훌쩍이는
누군가 흘깃 보면 뒤틀려 먹는
그래서 꼬이고 아프고 저린
피도 통하지 않는 그 푸른 몸매를
사람들 몸에 가둬 진하게 우려낸 오래고 먹먹한 맛
아무도 보이지 않는 곳에서
심줄 당겨놓고 퍼질러 앉아 울며 먹는
무말랭이
속 좁은 내가 속 좁은 말랭이 가슴에 묻혀

거꾸로 가는 사람들

삶은 가끔 뒤집힌다
원하든 원하지 않든
뒤집어쓴 옷
뒤집어쓴 술의 이물
뒤집어쓴 애인의 이름과
뒤집어쓴 하루

가끔은 뒤집어쓴 채로 산다
뒤집어쓰고도
변하지 않는 세상
눅눅하고 무거운 것 함께 걷다보면
거꾸로 가는 세상
익숙해진다

뒤집어쓰거나
거꾸로 가는 사람들
가끔은 그들과
세상 거꾸로 매달고 산다

고요한 밤, 거룩한 밤

계단 끝에 칸칸이 엎드린 사람들
등을 쾅쾅 밟아줄 테다
그게 너희들 몫이라 생각하라
틀이라는 게 그런 거다
한번 갖춰지면
평생 거기에 맞춰 사는
장화건 흙발이건 뾰족구두건
밟히는 대로 그렇게 소리를 내며

내리거나
엎어지는 이들

있다, 이 땅에 거룩하고 풍요로운 땅에

아궁이

담을 수 없는 것 하나둘
타들어가는 소리
높다
낯설고 불편한 것일수록
단숨에 삼키는 버릇

적당하다는 말 그만큼의 거리로
공손하거나 비굴하지 않아
외로움도 삼키고
달구었던 멍 커지면
바닥에 내려 지친 것 기대게 하고

구석이나 낮은 곳에서
흔적의 무게마저 담보로 하지 않는 숨구멍
시간이 흘러도
오래
따스했다

파문

엄마가 없다. 사람들이 던지고 간 파문에 불길한 소문은 커져갔고 세상은 한쪽으로만 몰려갔다. 시간은 멈춰 흐르지 않고 누군가에 의해 떠밀려간 수면 아래는 어둠과 무거운 안개, 작은 자극에도 터질 듯한 푸른 멍 멀어진 틈 접지 못하고 눈물도 균형 잃었다. 되돌아온 바람 주변 감싸고 모아둔 파란 약 한쪽으로만 몰려가,

봄마다 핏줄기 번져갔다

처음이라

암 투병 중인 노학자의 어느 봄날, 달래듯 떨어진 발 휠
체어에 올려주며 한시도 곁 떠나지 않는 젊은 햇살

햇살을 먹고 사는 나이
반은 미소
반은 장난스런 눈빛으로

나도 늙는 게 처음이라

가을

요즘 금강 다리에서 한 달 새 일곱 명이 투신했어요 소방
관과 경찰이 지키고 앉아 있어요

그들이 내일의 주인공이래요

단풍 참 고와요
머물면 좋을 텐데 떠나겠죠

구석

출판사 거리 아침이 창 열고 들어온다

출판기념회 플래카드 적당히 가린 창문 그 사이로 필요
한 만큼의 햇살 커서만 껌벅이는 컴퓨터 주변을 넘지 않는
오래된 책들, 한번도 주인보다 먼저 일어나본 적 없는 슬리
퍼 한 짝이 책상 밑 깊은 곳에서 잠을 청하고 있다

서로에게 적당한 거리, 사소함에도 넉넉함 내어주는

2부

시인

술잔에서 퍼올린 소리 우렁차다
가르마는 나름 세상에 대한 획

뜯긴 밤은 술잔만 남기고
반쯤 채운 술은 반쯤 기운 세상을 모아

기대지 않고 기대는 것도 경계하며
벽과 구석의 이름 불러주며

대변하지 못하는 기운 탁자
지우지 못하는 희미한 가로등

그림자 걸쳐놓은 자리마다
술 취한 시 등을 밀며

오래된 시집에서
젊은 눈빛 하나 먼지를 턴다

장미요양원

거긴 나이가 몇이슈
햇살 하나가 창 넘어온다
뭐 먹을 만큼 먹었쥬 근데 거기는유
음 나도―
고만고만한 햇살 서너 개
서로의 이마를 대고

따사로움이 묻어날 때마다
마주한 햇살 하나둘 자리를 뜨고
바람이 불면 어깨들
더 자주 더 가까이 서로에게 다가가
거긴 여긴, 여긴 거긴
서로가 서로 토닥이는 소리

저마다의 거리에서
그냥 말 걸기 편한
어이 거기, 나이가 몇이슈
햇살 하나 건너와 손 내민다
서로의 나이 묻는 일
일상이지만,

또 하나의 햇살 자리를 뜬다

뭐혀 어여 와

지팡이 도로 그어가며
어여 와

느린 걸음 채 따라가지 못하고
바닥에는 연신 묵은 기침

앞장선 걸음 멈출 때마다
가린 손수건 워이 워이

언젠간 보낼 일
먼저 가면 어떠랴

걸음이 걸음 업고
걷는 봄날

고목

껍질에서 나온 차가운 바람
느린 숫자를 센다

갈라진 틈 찢어진 전단지
갈피마다 머리카락 몇 줄 그어가며

순 내민 가지마다
느린 걸음

혈관 겨우 마디를 넘어
쳐든 가지에 너풀대는 비닐봉지

할미꽃 피고 지고

데려갈 때 데려가겠죠
온 길로야 가겠어요

걱정 안 해요
죽는 거 다 그렇죠 뭐

할머니 옷 갈아입으시고
내일은 피검사 방사선검사 있어요

저기 근디
울 아들 연락 읍던가요?

혼자 하는 식사

엄마 신발 없어진 후로
항상 닫혀 있는 문

가지런한 신발
이젠 나만 바라보고

근처 장미분식
메뉴가 엄마 앞치마다

잔소리 대신 마주 앉은 젓가락
벽 대신 권하는 수저

주인 혼자 창밖 비 내리고
오늘은 내가 마주 앉아

ㅇㅋ

문자와 서로 사맛디 아니할 새

출판사 하는 친구
글 휘어질 때마다 자판 뜯어고친다
전화 응답은 항상 공손하고

알겠습니다
알았어
그래

어느 날 혀 짧아진 손가락
스스로 지문 지우며
점심 약속을 한다

ㅇㅋ

오호라,
문자 하나에
종일 떠다니는 헛웃음

쥐들이 산다

물먹은 앵커의 시사프로
말 같지 않은 말 행주에 감겨
아내가 찍— 꺼버린다

옷 좀 잘 입고, 좀 서두르고
시계추 위에 걸린 아이들
갈라진 모서리마다 찍— 찍—

현관문 겨우 꼬리 감추고
층층 계단 내려오며 다리 저는
이 빠진 쥐

파란 색 줄무늬 흰 색 운동화

너의 바다는 아직 푸른가

물기를 뱉은 이끼
멍든 눈빛, 안녕
바닥으로 기어나온 비린내
젖은 헝겊에 누워

달라붙어 악착같이
수면이 말한다 건지도 못하는 운동화
뜯긴 살점 벗겨낼 때마다
바다는 심하게 철썩이고
시간은 말이 없다

누군가의 품에
누군가의 눈동자에 안겨 있을 시간
너무 멀리 왔구나
바다는 갈라진 목소리로 운동화
질끈 동여매고

건들장마

뭔 놈의 하늘에 구름 한 점 없어
투덜대는 미화원 등짝
뜯긴 조끼 위로 헛구역질 돋는다
방지턱에 걸린 구정물 덜컹
파란 하늘 쏟아지고
잠시, 아주 잠시
왔다가겠지만

내일은
또 내일은

빈민가 벽보 기상예보
깨알 같은 자국 남기고 간다

옥수수 씨앗

어느 날 작은시숙 그랬다지요

아끼던 불자동차 밭에 심고는
어린 동생 주려고
기다렸다는

쉼표가 있는 역

숨쉬며 지나기 좋은
잠시 들러 적절한 거리 두고
햇살이 등짝 되어 등으로 걷는
부담되지 않을 만큼 다가섬이
칸칸이 줄지어 선,
입대병 바지에 매달린 눈빛
머물지 못해 사무치는
창 밖은 달음질쳐 멀어져가고
스쳐간 길목마다 다시 일어나
사람이 사람을 기다리는
논산역

청과상 김길자 씨

자리 비운 사이 햇살이 주인이다
내놓을 거 없는 마음
시래기와 사과 귀퉁이에 붙어

소태라던데
조절 못하는 마음 병원보다 크다
끌고 온 함지박 간병비에 걸려

삼킨 그늘 부르튼 입술
봄바람도 어쩌지 못하고
그늘진 곳으로만 오락가락

박쥐란

밑에서 위로
세상 거꾸로 보기 시작하면서
잘 자라는 거다
어깨 감싸며
마주한 창으로 속살 보며
바닥 깊은 소리로 꽃 덮으며

돌아가는 사람 뒷모습에도
목례하는 오후
푸른 붕대 서로를 묶고
한 줌 잎사귀 보듬고 털어주며
잘 견뎌냈다고
잘 기대왔다고

봄날, 터지다

냄비가 비명을 지른다
햇살 머리 풀고
숨어 있던 그늘 난간에 서

까맣게 잊은
붉은 립스틱
다문 입술에 구두 소리

치마 끝에 매달린 휘파람
호루라기 속살 열며
터진 봄날

3부

프로이드식 안부

좀 나아지셨나요
안부가 안부를 묻는다

각진 곳에 내려앉은 기침
온기 잃고 테두리 돌아

몇 번을 뒤집어도
찾을 수 없는 마침표

언제까지 이어질까, 허기
무게를 더한 걸음

고개 숙인 안부
서로 카우치에 앉아

인력시장

부화에 밑줄 그은 새벽
구겨진 신발이 바닥 펴며 걷고 있다

각질은 발등까지 올라
어깨를 짚고도 넘지 못한 하루

말아쥔 신문에 들어간 보온병
알 수 없는 기다림 바닥까지 따라주며

대기번호 감싼 손바닥
서로의 등에 붙어

남은 거리 재고 또 재고
걸음에 걸린 햇살 바닥에 누워

오래된 나무는 안다

귀향을 꿈꾸는 사람은
꿈에서도 나무 냄새를 맡는다

오래된 집 담장 너머
물끄러미 내려다보는 그를 본다
가지마다 옹이를 새겨
속 가두고
계절이 바뀔 때마다
한 겹 한 겹 손금 지워가며
껍질을 키운

아무도 모를 것 같은 공간에서도
좀 더 멀리 볼 수 있게
좀 더 멀리서도 알아볼 수 있게
굳은 발 디디며
마른 가지 위 푸른 잎 몇 개 피워내고는
항상 자리를 지켜
흔들리며 사는 사람들의 나침판과도 같은

앨범 속에는
아직도 오랜 나무 냄새가 난다

느린 오후

오늘 따라 말이 없다
꼬장꼬장한 걸음도 느리고

손으로 가린 차양
굵은 주름 따라 걸으며

오랜 습관인 양
적당한 거리

구겨진 미간 사이
어디쯤 가는 걸까

거리 두고 걸어도
그림자 끝 놓지 못하고

소제동 골목

오늘, 걸어둘 수 있을까

햇살이 무게를 달고
길 위에 눕는다
먼 길
굽어보는 눈빛마저 흐리다

부지런한 햇살이 먼저
잠든 골목
희미하지만 지워지지 않는
지워지지만 흔적이 남는

오래여서
그대로여서

마르고 가벼워진 몇몇
미장원 불빛 아래 껌벅인다
서로의 등에 길들여져
무게가 무게를 위로하는 저녁

또 걸어둘 수 있을까, 우리

엄마가 살던 집

헛간에 숨는다
거칠고 진한 것이 경계 나누는 순간
푹신하고 까칠한
마른 풀의 깊이는 세상 감싸고

눅눅하거나 구겨지지 않게
마름이 만든 세상
모든 것을 버린 뒤에야
풀처럼 누워 바라보는 하늘

부러지거나 부서질수록
진하게 묻어나는

문상 가는 길

버릴 거 다 버린 도로변
들썩이는 그림자

바람에 흔들리는 불빛
내어준 길마다 울음이다

어깨 짚으며 다가오는 손길
기운 조등에 불 지피고

스스로 몸 낮춰 등 기대고
잡은 손 놓고 하늘로 오르는 연기

밤하늘에 누운 말뚝
느리고 길게 걸어가는 길

오래된 앨범

오겠다던 소식 삼켜버린 골목
나뭇잎 소리에도 문 연다

틈마다 거미줄
떠나고 남은 것 서로를 묶어

남은 것의 등에는 무게만 남아
바닥으로만 부는 바람

초인종도 사라진 골목
켜지지 않는 가로등

조심스레 얹은 손
대문 허물고

그림자 그늘 밟지 못하고

좀 쉬세요 찬물에 목욕도 하시고요
온천장 앞 그늘
주머니 속에 폰 깊이 넣는다

담장 위 고양이 휘청이고
넘지 못한 햇살 그늘로 고꾸라지고

마르지 않은 머리 고양이 눈에 붙어
물방울 소리에도 가늘어져

구겨진 것은 쉽게 어깨 펴지 못하고
매달린 햇살 갈 곳을 잃고

물집

푸름도 삼킨 오월
마주한 세상은 벽이다

지갑은 밤새 열고 닫히며
가벼워진 세상 세고

지문마저 잃은 손가락
더 이상 푹신하지 않아

채우지 못한 공간
틈마다 물집 달고

차트번호 5959

숙제처럼 책 가져와 맘에 드냐 안 드냐 허풍 떠는 입 그
냥 가지란다 감사한 마음에 건넨 초콜릿, 반쯤 암호화된 구
조에 막혀 껍질까지 먹고 까주고 다시 까주어도 경계까지
허물고 다가오는 입 벌리고 오물거리는 그의 등 뒤로

입에서 입으로 물려주는 어미새

컨트롤 씨

켜두어라
그 상태 그대로 오래 기억하게

알쯔 씨가 옆 동네로 이사왔다
그는 오랜 주름을 가졌고
아직 펜과 노트를 들고 다녔다

인사를 나누었지만 아직
서로를 알지 못했다
알쯔 씨는 손을 몹시 떨었고
온오프 씨와도 친하지 않았다

알쯔 씨가 잠든 밤이면
컨트롤 씨는 밤새 시를 썼고
해가 뜨거나 지는 것을 두려워하지 않았다
모두가 그의 힘을 부러워했지만
가까이하려고 하진 않았다

모든 것을 기억하는 그는
오래 그 자리 지켜왔지만

어느 날 알쯔 씨 넘어지고
그도 사라졌다
전원이 나가고 모두 사라졌다

참 나

칠십줄 아내 종일 수다만 떨고 하루에 오만 원씩이나 쓰
고 다닌다고 정신나간 여편네라네요, 글쎄

생산이 뭐 별 건가요 행복해야 생산이지

참 나
그 나이에 누가 옆에 있다는 게 어디에요, 그죠?

밥 한번 먹자

머리맡에 두고 자면 몇 달이 되는

그 한마디

환승역

느림이 멈춤이 되고
서로에게 끌려 휘감겨가는

앞장서거나 떠밀려가
원치 않는 출구 맨 앞에 서서

방향등은 언제나 등 뒤
환승하지 못한 불빛 돌고 돌아

서로를 비켜
틈에도 멍이 드는

4부

동행

비 그친 오후, 어깨 접은 우산 투덜대며 도로 긁고 간다

익숙해지는 거
손잡는 거다

베란다 꽃은 지고

즐기던 시간 장롱에 숨어
꽃무늬 이불에 기댄 엄마

요양사 들어와도 내 사람 아니다
간병인 들어와도 예전의 내 옷 아니다

옛날이 좋아 옛날이 좋아
자식 입에 넣고 또 넣고

소리 없는 숟가락 귀 기울이며
그늘 같은 숭늉 휘휘 저으며

잠시 들른 햇살 손끝으로 당기며
떨어진 꽃잎 그림자 꿰며

요양원의 봄

휘어진 가지마다 흐린 봄날이다
느린 시간 흐르고

두고 왔을 것이다
아껴두고 쟁여놓은 것 모두
묻어둔 줄 알았는데
주소도 전화번호도 가지 끝에 휘청인다

창 그늘 피해 모여 앉은 가지
틈 열고 들어온 봄
혼자 뒤척이고 달그락거리며
화장하고 손짓하고

돌팔매질

낮은 곳으로만 도는 바람
떠나지 못한 신발 귀 시리다

머리 풀고 대문 잠그고
하늘 문고리 단단히 틀어막아도

가슴으로 바닥 밀며
던지고 던진 디딤돌

가장자리 누런 시래기
반쯤 얼어붙은 굳은 몸으로

요양원 가자는 아들
잡은 손 놓지 못하고

ㅓ

생각하지 못한 것이
톱니바퀴에 튀어나와
멈칫,
오랫동안 커서 껌뻑인다

강박이 글자마다 쉼표 찍는 하루
느리다 고치다 수정된 자리마다
구부리고 앉은 관절

사는 거 하나씩 빼고 살면 어때

바퀴 빠진 장난감
소파에서 벽으로 벽에서 공중으로
자유롭게 때론 웃으며
부족함 채워가며 웅웅

ㅓ매 귀여운 것

댓글

멋이 아니라
맛이다

바라고 쓰지도 않고
응해야 될 부채도 아니고

혼자 중얼거리고
혼자 화닥거리며

혼자서도 우주에
떠 있는 글

멋 부리려다
맛 잃다

새치가 있는 하루

흰머리 제법이네요, 이발관 아저씨
말이 어깨에 걸린다
세월은 거울 앞에 수북하고
억세게 살아온 날
주름진 손등에 툭툭

삐지고 서운함이 많은 날, 왜 하필

머리 감고도 한참 고개 들지 못하고

물푸레나무

아픈 게 아녀 때가 돼서 그런겨
지가 지 몸 그렇게 만든겨
프로드나 늉이 뭐 알아
나 아픈 건 그냥 때가 돼서 그런겨

말이 침대 끝 철고리에 잠긴다
삼켜버린 시간
주저앉은 목소리
잠그고 돌아누워도
꼬인 링거 줄에 막힌 숨소리

번호 앞에 약 기다리며
얇은 어깨 퍼덕이는 밤

아픔은 배경을 물들인다

아프지 마요

나 거기 있어요

귀가

그녀가 나갔습니다
수많은 낮은 구름이 그녀를 따라갔습니다
어지럽거나 무게 없는 발자국
굳은살 따라 한없이 기울게 걸었습니다
재촉합니다
빠르게 때론 급하게
하루를 데리고 떠난 그림자
돌아오지 않을 생각으로 빗장을 굳게 닫습니다
숨소리 삼킨 잰걸음
설핏 방안 훑어보고는
손바닥 보이지 않는 곳으로 마냥 걸어갔습니다
발걸음 묶고 또 풀기를 반복하며
가늘고 긴 모퉁이
그녀는 각 채우지 못한 햇살 한줌으로
벽에 서 있습니다

느리게
갔던 길 꼭은 아니어도
돌아오는 길 꼭 그 길이 아니어도

그림자

기차가 지날 때
옆에서 따라 뛴 적이 있습니다

내가 뛰면 동생도 뛰고
어느 날부터는 피터도 뛰고

동생이 아프고 난 뒤로는
항상 피터가 따라 뛰었습니다

그림자는 점점 커져갔고
나도 피터도 보이지 않았습니다

동생이 훌쩍 커서 돌아온 날
기차는 모두를 삼키고

앨범 속으로
그림자 빠르게 흩어져 갔습니다

떠난 자리

누나는 이상한 냄새가 난다고 했다 미치는 건 아닐까 상
복 입은 사람 사이로 검은 구름 목 죄어오고 붉은 등 순서
대로 자리를 떴다 눈물 잃은 누나는 팔만 휘적였고 지켜보
는 사람은 모두 외눈박이였다

별이 지고, 진 별들이 피어나는 은하수공원

포장마차

반쯤 혀 내밀고 누운 술잔
기운 세상이 자리를 편다
온기 떠난 모서리 눈 내리고
높낮이 재던 밤은 바닥부터 쓰러져
기운 것이 기운 것을 조롱하며 넘어진 바닥
낮은 곳에 갇힌 술잔
빗금 가득 넘실거린다

천막이 어깨 짚어오고
가늘고 얇은 것이
한 겹 세상을 덮어준다
누군가 술잔에 남은 불빛 따라주고
기울어진 의자는 바닥을 고쳐 앉는다
모서리마다
다시 눈 내린다

빗살무늬토기

디아제팜 몇 알이면 돼요
그거면 돼요

말 아끼는 게 아니라
그게 편한 듯했다
술 취한 다음 날이면 뭉턱뭉턱 잘린 머리카락

날카로운 것 닿을 때마다
포장되는 울음
깊은 곳에서 튀어나온 질긴 흉터

애들이 그래요, 빗살무늬토기라고

팔목 드러날 때마다 아이는
팔장을 꼈다

꿈꾸는 사회적 기업

미끄러지는 찻잔
보류된 사업계획 옆으로 민다

조명이 잠든 용사의 묘지
불만 껌벅이는 외딴섬 등대

할 수 있다면, 그냥
연주만 해줄 수 있다면

첼리스트 J씨,
외발로 선 하늘에 활 당긴다

'못'의 자국들 혹은 죽음으로부터
삶을 사유하는

박성현/ 시인

1

통상 시의 '본령'을 얘기할 때, 우리는 그리 길지 않은 문장 속에 세계를 올곧이 담아내는 문학 형식을 생각한다. 이말이 시를 적합하게 규정하는 개념이 아니라 해도, 생활-세계에서 시가 가지는 역할과 위치, 그리고 시에 각인된 '우리-와-함께-있음'의 기나긴 역사와 의미만큼은 잘 나타낸 것이다. 이 평범한 문장들은 우리가 시에 대해 귀기울여왔던 것이자 부지불식간에 받아들이는 정의로써, 문학의 장 내부에서 폭넓게 사유되고 있다.

이 문장을 좀 더 세밀하게 다듬어보자. 아마도 우리는 시에 대한 기존의 문법과는 전혀 다른, 좀 더 차갑고 직관적이며 우리의 실존에 상응하는 개념에 다가갈 수 있을 것이다 : '시는 세계가 자신을 여는 '가능성'의 최대치로, 존재자들이 자신들의 '존재-함'을 세계 속에 극대화시키는 방식이다.' 여기서 '세계를 담아낸다'는 것은, 언어가 수용하고 표현하는 광범위한 표상(혹은 장소-성)이다. 요컨대, 시는 그 자체로 하나의 특별한 '장소'로 세계의 '터전'이며 '건축'으로, 우리의 삶이 집결하고 기거하는 '일상'이 그곳에 있다는 것. 그러한 까닭에 아무리 짧고, 해석하기 쉽지 않은 시-문장조차도 어떤 식으로든 세계를 향해 열려 있으며, 그것의 '재현'과 '상상-함'으로써 세계를 내면화한다. 시의 본령이란 세계를 산출하는 언어이며, 특히 박권수 시인의 문장이 지향하고 기억해내는 '서정시'와 양식적 특성을 공유한다.

서정시는 그 예외적이고 직관적 언어로 존재자들의 개별 실존을 충실하게 표현하고, 그 의미와 가치를 되살려낸다. 서정시를 통해서 다른 문학 양식과 구별되는 '시'만의 특이성을 만나게 된다는 것이다. 이른바 '세계의 주관화'로 명명되는 이러한 방식은 세계와 더불어 세계 속에 스며드는 것으로, 정확히 말해, 주체가 대상 속에 스며들어 대상과 함께 꿈을 꾸는 것과 동일하다. "첼리스트 J씨, / 외발로 선 하늘에 활 당긴다"(「꿈꾸는 사회적 기업」)는 박권수 시인의 문장이 표현해내는 서사의 강밀도처럼 문장은 축조됨과 동시에 세계로 확장되고, 세계는 그 문장으로 다시 모이며 새롭게 배치된다. 때문에 '세계'란 우리가 삶을 영위하는 '생활-세계'이자 일상이라는 점은 명백하다. 시의 본령이란 우리의 삶이 성숙하고 확장되는 모든 길목과 문턱에서, 또한 어긋나고 찢어지며 파열되는 모든 순간과 장소에서 오로지 대상-세계를 시인과 함께 내면화하고 표상하는 데에서 시작한다.

그러나 이에 대한 비관론도 있다. 서정시를 향한 문장으로의 '아로새김'이 환유로 공식화된 지금과는 다소 맥락을 달리한다는 그 이유로 이 같은 시의 '본령'이 은폐되거나 망각되는 우리 문단의 현실 때문이다. 물론 서정시의 탄생과 단절, 내파와 복원은 생물生物과도 같은 문학의 본질적 속성이어서 시의 생몰生沒은 자연스러운 것이겠으나, 이러한 이유로 서정시가 낡은 양식이라 치부하는 것은 문제가 있다.

우선 현대적 사유와 감각이 디지털의 무한증식과도 같은 환유에 집중된다고 해서 은유가 사라진 것은 아니다. 문장 생성이 은유와 환유, 혹은 '선택'과 '결합'이라는 형식을 갖는 한 양자는 문장이 성립되기 위한 가장 기본적인 조건이 되며, 문장의 중층구조가 된다. 따라서 시-문장뿐만 아니라 우리의 감각과 사유도 은유와 환유의 구조 없이는 불가능하다. 다만, 은유나 환유가 미학적으로 우세하거나 집중되는 시대가 있을 뿐이다.

게다가 서정시는 여전히 수많은 시인들에 의해 창작되며 독자들 사이에서 광범위하게 소비되고 있다는 점도 간과해서는 안 된다. 이 현상은, '시의 본령이란 무엇인가'에 질문에 응답하는 문학-공동체의 실체적인 답이 아닐까. 창작 주체의 기나긴 자기 성찰에서 비롯되는 '표상 방식'의 차이는 시의 본령을 풀어나가는 다양한 존재방식을 전제로 하는 것이므로, 그 핵심을 비껴가지 않는다. 그리고 바로 여기서 우리는 박권수 시인이 산출하는 문장의 새로운 좌표를 읽어낼 수 있다.

2

    하지만 그 문장의 좌표들이 심상치 않다. 그의 시선이 생활-세계를 향하고, 아무리 사소하고 평범한 일상들을 표현했을지라도 이상하게 어둡고 무겁다. 신과 죽음이, 인간의 시간을 에워싸고 한순간도 긴장을 놓치지 않는 형국인데, 단어와 단어 사이 혹은 문장과 문장 사이에는 미래를 본 자만이 가질 수 있는 '검은 침묵'이 뿌리를 내리고 있다. 여기서 '검은 침묵'이란 '망각'이 아니라, 오히려 말하지 않음으로써 미래의 파국을 최대치로 확장하려는 '태도'다. "저마다의 거리에서/ 그냥 말 걸기 편한/ 어이 거기, 나이가 몇이슈/ 햇살 하나 건너와 손 내민다/ 서로의 나이 묻는 일/ 일상이지만,// 또 하나의 햇살 자리를 뜬다"(「장미요양원」, 강조는 필자)라는, 죽을 수밖에 없는 부조리한 운명을 그는 결코 삭제하지 않는 것.

    이러한 시인의 태도는 너무나 첨예해서 모든 문장으로 스며들고 일관되게 작동한다. "혈관 겨우 마디를 넘어/ 쳐든 가지에 너풀대는 비닐봉지"(「고목」, 강조는 필자)라며 이물과도 같은 죽음을 엑스레이 찍듯 우리에게 보여주거나, "데려갈 때 데려가겠죠/ 온 길로야 가겠어요// 걱정 안 해요/ 죽는 거 다 그렇죠 뭐// 할머니 옷 갈아입으시고/ 내일은 피검사 방사선검사 있어요// 저기 근디 / 울 아들 연락 읍던가요?"(「할미꽃 피고 지고」, 강조는 필자)라며 순순히 죽음을 받아들인다고 해도 그들이 처한 상황의 불행(혹은 견딜 수 없음)을 함께 말한다.

"비 그친 오후, 어깨 접은 우산 투덜대며 도로 긁고 간다// 익숙해지는 거/ 손잡는 거다"(「동행」)라는 문장에서의 따뜻함은 "요즘 금강 다리에서 한 달 새 일곱 명이 투신했어요 소방관과 경찰이 지키고 앉아 있어요// 그들이 내일의 주인공이래요// 단풍 참 고와요/ 머물면 좋을 텐데 떠나겠죠"(「가을」, 강조는 필자)라는 문장은 또 어떤가. 일곱 명의 투신자살을 담담히 말하는 목소리는 이미 '죽음'이라는 파국을 예견하고 있지만, 그 느리고 감정 없는 듯한 문장에는 형언하기 어려운 긴장이 맹렬하게 쏟아지고 있다. "구겨진 것은 쉽게 어깨 펴지 못하고/ 매달린 햇살 갈 곳을 잃"(「그림자 그늘 밟지 못하고」)는 곳이 일상이다.

여기서 우리는 시인이 발화發話에 새겨진 무겁고 둔탁한 '그로테스크'를 경험할 수밖에 없다. 일상이 갑작스러운 파국으로 절단될 때, 우리는 "누나는 이상한 냄새가 난다고 했다 미치는 건 아닐까 상복 입은 사람 사이로 검은 구름 목 죄어오고 붉은 등 순서대로 자리를 떴다 눈물 잃은 누나는 팔만 휘적였고 지켜보는 사람은 모두 외눈박이였다// 별이 지고, 진 별들이 피어나는 은하수공원"(「떠난 자리」)이나, "엄마가 없다. 사람들이 던지고 간 파문에 불길한 소문은 커져갔고 세상은 한쪽으로만 몰려갔다. 시간은 멈춰 흐르지 않고 누군가에 의해 떠밀려간 수면 아래는 어둠과 무거운 안개, 작은 자극에도 터질 듯한 푸른 멍 멀어진 틈 접지 못하고 눈물도 균형 잃었다. 되돌아온 바람 주변 감싸고 모아둔 파란 약 한쪽으로만 몰려가,// 봄마다 핏줄기 번져갔다"(「파문」, 강조는 필자)는 억압된 절망마저 느끼게 된다. '비극적 허무주의'라 명명할 수 있을 만큼, 파국을 대면하고 그것을 일으켜 세우는 시인의 문장은 우리 삶을 관통하며 현실을 움켜쥐는 것이다.

확실히 박권수 시인은 이번 시집에서 생生과 멸滅의 동시성, 곧 '죽음을 향한 존재'(하이데거)라는 철학적 반성과 성찰을 우리에게 보여준다. 그가 경험한 '죽음'이란 어느 순간 자라나버린 '새치'와 같아서, "흰머리 제법이네요, 이발관 아저씨/ 말이 어깨에 걸린다/ 세월은 거울 앞에 수북하고/ 억세게 살아온 날/ 주름진 손등에 툭툭// 삐지고 서운함이 많은 날, 왜 하필// 머리 감고도 한참 고개 들지 못해"(「새치가 있는 하루」)게 만든다. 그는 삶보다는 죽음의 불가항력에 더 가까이 가는 것인데, 죽음은 우리의 심장보다 더 빨리 뛰고 예기치 않은 순간 되돌아와 우리를 장악하기 때문이다. 정신과의사로서 죽음을 마주하는 일상적 이입移入은 시인으로 하여금 철저하게 보편적 삶이 아닌 개인의 생활-세계에 집중하도록 한다.

그런 면에서 그의 문장은 짧고 선하고 부드럽지만, 어딘지 모르게 낯설고 불편하다. 도대체 태어나면서부터 죽음을 향해 달려가는 실존을, 죽음과 삶을 뒤섞어놓은 이 일상화된 파국을 무엇이라 명명해야 할까. 답은 명쾌하다. 시인은 무의식 중에 '비극적 허무주의'로 향한다. 레비나스가 말했듯 '시간'에는 본질적인 환멸이 있으므로 시인은 죽음으로부터 삶을 사유하는 것이다. 이것이 우리가 '피터'(죽음)

와 함께 살 수 있는 유일한 진리와 방법이다.

기차가 지날 때
옆에서 따라 뛴 적이 있습니다

내가 뛰면 동생도 뛰고
어느 날부터는 피터도 뛰고

동생이 아프고 난 뒤로는
항상 피터가 따라 뛰었습니다

그림자는 점점 커져갔고
나도 피터도 보이지 않았습니다

동생이 훌쩍 커서 돌아온 날
기차는 모두를 삼키고

앨범 속으로
그림자 빠르게 흩어져 갔습니다

—「그림자」전문

시인은 우화 하나를 들려준다. 그 이야기는 이제 막 터널
을 빠져나온 '기차'와 함께 시작하는데, 들으면 들을수록 모
호하고 불투명한 유리-다리를 걷는 듯한 착란에 빠져버리

게 된다 : '나'와 '동생'은 기차를 좋아해서 기찻길에 자주 갔다. 육중한 쇳덩어리가 맹렬한 속도로 지나는 걸 보다가, 어느 날부터는 출발선을 그어놓고 동생의 손을 잡아끌었다. 기차가 지나는 동시에 출발했으며, 다리가 풀릴 때까지 뛰었다. 아직 어린 탓에 '동생'은 '내' 속도에 한참을 못미쳤다. '나'와 '동생'은 늘 일정한 거리(간격)를 두고 달렸다. 동생이 보이지 않아 되돌아갈 때도 많았다. 나와 동생은 숨이 차오르는 속도도 달랐고 지쳐 숨을 고르는 시간도 달랐다.

동생이 칭얼대는 것도 잠시, '나'는 기찻길 옆에 앉아 '나'와 '동생'을 물끄러미 지켜보는 소년의 존재를 알아차렸다. '나'는 소년에게 같이 놀자고 말했다. 어딘지 병약해보였지만, 자신을 '피터'라고 소개한 소년은 함께 뛰는 날이 많았다. 동생이 아프고 난 뒤부터 항상 피터가 따라 뛰었다. 나이를 먹고 육체도 마음도 점점 커졌다. '나'와 '피터'도 함께 컸지만, '동생'도 그러했다. 그들이 커감에 따라 '나'와 '피터', '동생'의 기찻길은 점점 지워졌다. "그림자는 점점 커져갔고/ 나도 피터도 보이지 않았"던 것이다. 한동안 사라졌던—아마 병원에 있었을 것이다— 동생이 훌쩍 커서 돌아온 날이었다. 사라진 줄 알았던 기억 속의 기차가 그 길고 긴 터널을 빠져나오더니, 달음박질하던 '나'와 '동생'과 '피터'를 삼키고는 서둘러 사라졌다. 이야기는 이 부분에서 갑자기 끝난다.

이 우화는 죽음과 기억(삶)의 일상화된 파국을 알레고리화 한다. 죽음으로 상징되는 것은 '기차'고, 왜냐하면 모든 등장인물을 삼켜버리기 때문이다. 기억이란, 존재하지 않지만 늘 곁에서 속삭이는 '피터'로 상징된다. "아무도 모를 것 같은 공간에서도/ 좀 더 멀리 볼 수 있게/ 좀 더 멀리서도 알아볼 수 있게/ 굳은 발 디디며/ 마른 가지 위 푸른 잎 몇 개 피워내고는/ 항상 자리를 지켜/ 흔들리며 사는 사람들의 나침판과도 같은"(「오래된 나무는 안다」), 이 삶이라는 앨범 속에서 나와 동생은 빠르게 흩어지는 '그림자'일 뿐이다.

3
    엄마 신발 없어진 후로
    항상 닫혀 있는 문

    가지런한 신발
    이젠 나만 바라보고

    근처 장미분식
    메뉴가 엄마 앞치마다

    잔소리 대신 마주 앉은 젓가락
    벽 대신 권하는 수저

    주인 혼자 창밖 비 내리고
    오늘은 내가 마주 앉아

—「혼자 하는 식사」 전문

　앞서 언급한 박권수 시인의 '비극적 허무주의'는 "엄마 신발이 없어진 후로/ 항상 닫혀 있는 문"에 집약되어 있다. 이이상의 어떤 형상-이미지가 필요할까. 시인이 발화하는 화자의 문장은 '문'의 지독한 단절로 파국 이상의 파국을 불러내고 있다. 소통 불가의 현실 혹은 마음마저 덮어버린 한 소년의 어긋난 삶에 대해 신이 건넬 말은 없다. '엄마'라는 구원이 아니고서 열리기는 쉽지 않기 때문이다. 이 시도 역시 짧고 명징한 이미지로 가득하다. 서사는 단절 속에서 던져지듯 튀어오른다. 그것이 비극적 허무주의가 문장을 밟을 때마다 가속되는 이유다.

　엄마 신발이 없어진 후로, 소년의 문은 항상 닫혀 있다. 그의 시간은 오로지 엄마와 함께할 때만 지속하며, 그 외의 물리적 시간은 단절된다. 뒤엉켰던 신발들도 이제는 가지런하다. 배가 고플 때면 근처 장미분식에서 끼니를 고른다. 문득 소년은 빈 밥을 먹으면서 엄마의 잔소리를 그리워한다. 창밖에는 비 내리고, 주인 혼자 우두커니 홀을 지키고 있는데, 오늘만큼은 다른 누구도 아닌 '내'가 소년을 마주 앉아 있으리라 결심한다. 여기서 '나'는 발화자인 '시인'이지만, 동시에 보이지 않은 '엄마'이기도 하며, 독자 개개인으로 확장된다.

　너의 바다는 아직 푸른가

물기를 뱉은 이끼
멍든 눈빛, 안녕
바닥으로 기어나온 비린내
젖은 헝겊에 누워

달라붙어 악착같이
수면이 말한다 건지도 못하는 운동화
뜯긴 살점 벗겨낼 때마다
바다는 심하게 철썩이고
시간은 말이 없다

누군가의 품에
누군가의 눈동자에 안겨 있을 시간
너무 멀리 왔구나
바다는 갈라진 목소리로 운동화
질끈 동여매고

—「파란 색 줄무늬 흰 색 운동화」전문

　백사장에 파도가 밀려올 때마다 흰 색 운동화 한 켤레가
육지로 올라오려고 안간힘을 쓰고 있다. 운동화 바닥을 미
는 바다의 힘으로 한 걸음에 도약하려 하지만, 근육이 다
빠진 채 간신히 백사장에 걸쳐 있다. 젖은 헝겊에는 비린내
가 흥건하고 운동화 가죽은 이끼로 뒤덮였다. 군데군데 곰
팡이도 검게 돋아 있는데, 마치 '멍든 눈빛'처럼 스스로를

돌려세우며 작별을 고하는 듯하다. 여전히 운동화는 누군가로부터 "너의 바다는 아직 푸른가"라는 질문을 받는다. 백사장에 간신히 걸려 있는 파란 색 줄무늬 흰 색 운동화가 듣는 목소리에는 발화 주체가 없다. 환청이기 때문이다.

백사장 저편에 흰 색 운동화 한 컬레가 버려져 있다. 파도가 미는 힘으로 육지에 닿는 것이지만, 오히려 그 때문에 육지와 멀어진다. 시인은 만신창이가 된 운동화를 이렇게 요약한다. "걷지도 못하는 운동화/ 뜯긴 살점 벗겨낼 때마다/ 바다는 심하게 철썩"인다고. 우리의 삶이 그러하듯, 실천의 주체가 존재-함의 이념을 잃어버리면 그것은 실천이 아니라 습관적 반복일 뿐이다. 의지가 없는 곳에 주체도 없다. 백사장으로 향하는 운동화가 파도의 인력과 척력으로 뭍에 '단지' 걸쳐 있는 것이다. 이 불가항력과도 같은 이미지는 "부화에 밑줄 그은 새벽/ 구겨진 신발이 바닥 펴며 걷고 있다// 각질은 발등까지 올라/ 어깨를 짚고도 넘지 못한 하루// 말아쥔 신문에 들어간 보온병/ 알 수 없는 기다림 바닥까지 따라주며// 대기번호 감싼 손바닥/ 서로의 등에 붙"(「인력시장」)은 '인력시장'의 고된 역경에 닿는다. 바다에게 백사장이란 삶의 '바닥'임을 잊지 말자.

하지만 이 시의 서사는 바로 여기서 반전된다. 생生과 멸滅이 동시적인 것처럼, 흰 색 운동화의 정체 또한 뭍으로 발돋움하는 바다의 광활한 근육인 것이다. "너무 멀리 왔구나"라는 자조自嘲가 바다로 하여금 자신이 만들어낸 거대한 시간을 깨닫게 하기 때문이다. 뭍으로 향하는 파도야 말로 파란 색 줄무늬가 그어진 흰 색 운동화의 형상인 것. 바다가 갈라진 목소리로 스스로를 재촉하며 운동화 끈을 질끈 동여매는 순간, 백사장에 '단지' 걸쳐졌던 흰 색 운동화는 대지를 힘차게 밀어냈던 자신의 일상을 탄력적으로 회복한다.

앞서 언급한 것처럼 시인의 문장은 양가성ambivalence을 가진다. 삶과 죽음 그 어느 하나를 긍정하지 않는다. 죽음을 향한 존재임을, 혹은 죽음을 향해 소진되는 실존임을 그는 보여줄 뿐이다. 그것은 "출판기념회 플래카드 적당히 가린 창문 그 사이로 필요한 만큼의 햇살 커서만 껌벅이는 컴퓨터 주변을 넘지 않는 오래된 책들, 한번도 주인보다 먼저 일어나본 적 없는 슬리퍼 한 짝이 책상 밑 깊은 곳에서 잠청하고 있다// 서로에게 적당한 거리, 사소함에도 넉넉함 내어주는"(「구석」, 강조는 필자)의 문장처럼 시인이 세계를 받아들이고 내면화하면서 단련한 '검은 침묵'의 세계이자 또한 오랜 습관으로 만들어진 세계와의 '적당한 거리'로부터 시작한다.

오늘 따라 말이 없다
꼬장꼬장한 걸음도 느리고

손으로 가린 차양
굵은 주름 따라 걸으며

오랜 습관인 양

적당한 거리

구겨진 미간 사이
어디쯤 가는 걸까

거리 두고 걸어도
그림자 끝 놓지 못하고

—「느린 오후」전문

　오늘 따라 유난히 말이 없다. 뒷짐을 지고 앞서 걷는데, 그 꼬장꼬장한 걸음에 아교라도 칠해진 듯 무척 느리다. 보도블록의 굵은 주름을 따라가면서도 가끔 보폭을 교정하기 위해 서 있기도 하지만, 그의 걸음에는 일정한 탄성이 있다. 그는 단단히 입을 닫고 다시 앞으로 향한다. 마치 표지선이라도 되는 양, 길의 너머까지 이어진 굵은 주름을 따라 느릿느릿 걷는 것이다.

　그런데, 한 가지 특이한 것은 그 걸음에는 오랜 습관인 듯 '적당한 거리'가 있다는 점이다. 구겨진 '미간'처럼 그것은 서로 평행하고 대칭하며 잠시 기울어지다가 꼿꼿하게 펼쳐진다. 막다른 길이어도 그 '적당한 거리'는 좀처럼 사라지지 않는다. 아니다. 오히려 이 '거리'가 그의 걸음을 규정하고 있다. 그것을 중심으로 그가 받아들인 세계가 점점 실체를 가진다는 말이다. 감각하고 사유하며 내면화했던 세계가 문장으로써 뚜렷하게 표상된다는 말이다. 이 거리는

그가 걷는 걸음 속에서 시인과 대상의 '간격'이고, 대상을
바라보는 시선 속에서 구겨진 '미간'이기도 하며, 무엇보다
살아감의 실존 속에서의 '나'와 시인으로서의 '나'의 '대칭'과
'균열'이기도 하다. 결국 이 '거리'는, 시간차를 두며 완성되
는 '비극적 허무주의' 내포한다.

4

　문장을 향한 박권수 시인의 집중은 탁월하다. 놀랍도록
단호하고, 견고하다. 그는 일상에서 벌어지는 아주 사소한
사건 하나도 놓치지 않으며, 그것에 촘촘한 의미를 부여한
다. 생활-세계가 그의 작업반경인 것이며, 그 '반경'에서 채
득한 사건은 모두 충만한 시적 이미지로 변형되어 그가 만
들어내는 서정의 유화에 직접적으로 작용한다. 그가 자신
의 내면에서 이끌어내는 문장들이 일상을 벗어나지 않는
까닭은 분명한데, 시가 존재-함의 실존을 향하는 것이라면,
오로지 일상만이 그 화폭의 핍진함을 증명할 수 있기 때문
이다. 덧없어 보이는 일상만이, 그 명멸하는 찰나들의 집적
만이 우리가 살아가는 삶을 지속시킬 수 있다. "무게 달고
내려앉는 꽃잎/ 가벼운 것일수록 자리잡지 못하고 흩어진
다"(「봄의 무게」)는 문장의 사소함이 오히려 생활-세계 전
체의 이념과 의지를 표출하는 것이다.

5

    그러므로 그의 감각은 언제든지 '자아'라는 몇 개의 가면을 벗어날 준비가 되어 있으며, 수많은 '-되기'를 통해 스스로를 확장한다. 이를테면, "창가에 벌레 기어간다/ 아래가 수천 땅끝이라는 거/ 알기나 한 건지// 그 작은 몸짓/ 모든 배경 삼키고/ 창 안에 있는 날 보고 있다"(「거울」)고 쓰면서 인간이 아닌 '벌레'의 입장에서 세계를 다시 바라보거나, "멍들고 지친 반쪽/ 누렇게 뜬 밤 지나고 나면/ 아침보다 먼저 일어나 문 앞에 서/ 혼자 마중을 한다"(「의자」)라는 문자처럼, 의자라는 사물조차도 감정이입의 존재로 만들어버리는 것이다.

    이러한 사태는 시인 스스로를 확장시키는, 어쩌면 생生의 한계를 분명히 아는 사람의 명징한 태도가 아닐까. 그가 바라보는 세계란 대상의 보이지 않는 이면들이 끊임없이 '시인'이라는 가시권 내로 진입하는 순수한 직관이다. 이러한 눈으로 세계를 포착하게 되면 세계는 엄청난 유동성을 가진 세계로 돌변한다. "뒤집어쓰거나/ 거꾸로 가는 사람들/ 가끔은 그들과/ 세상 거꾸로 매달고 산다"(「거꾸로 가는 사람들」)라는 비非-형이상학이 세계가 존속하는 유일한 방식일지 모른다. 사정이 그러하니, 바닥은 '바닥'이 아닌 채로 자신의 의지를 일으켜 세우며 올라오는 것.

    바닥 올라오고 있다
    깊은 바닥일수록 푸른 빛이다
    바탕 가리지 않고 피어난 싹은

하루하루 자신의 숨소리 기억한다

작은 것일수록 몸 낮추고

때론 밟고 지난 것에도 등 내밀며

일어나 모든 세상에 잎 달고는

오래 응시하고 오래 기다리며

기대고 짚고 일어나

땅 높이에 가슴을 묻는

한번도 스스로 무너지지 않는 들판에

거친 숨소리 싹 키운다

―「푸른 세상」 전문

하지만 바닥이 올라오는 경험은 흔치 않다. 바닥이란 늘 대상(혹은 사건)의 가장 아래쪽에 위치한 소멸 직전의 경계여서, 그 '바닥'을 벗어나면 더 이상 '그것'이 아니게 된다. 바닥은 올라오는 것이 아닌 고정되어야 하며, '나'와 '타자'가 자기 자신으로 존재하는 형식상 가장 먼 외연이어야 한다. 비유하자면, 내가 나로 존재할 수 있는 기저, 곧 1차원의 점과도 같다. 그런데 시인은 "바닥이 올라오고 있다"라고 쓴다. 말하자면 시인에게 바닥은 두께와 밀도를 가지고 냄새와 온도는 물론 방향까지 부여된 3차원의 입면이다. 이어서 그는 "깊은 바닥일수록 푸른 빛이다"라고 부연하는데, 여기서도 '바닥'은 끊임없이 존재의 내부로 향하는 강인한 생의 의지로도 읽힐 수 있다.

도대체 '바닥'의 정체는 무엇일까. 적어도 시인이 바라보는 '바닥'이란 "적당하다는 말 그만큼의 거리로/ 공손하거나 비굴하지 않아/ 외로움도 삼키고/ 달구었던 멍 커지면/ 바닥에 내려 지친 것 기대게 하고"(「아궁이」)라는 문장에서 보이듯 무기력한 실존들이 기댈 수 있는 배경이며, "지팡이 도로 그어가며/ 어여 와// 느린 걸음 채 따라가지 못하고/ 바닥에는 연신 묵은 기침"(「뭐혀 어여 와」)라는 문장에서처럼 '묵은 기침'과 같은 이물들이 버려져 모여드는 곳이다. 또한, "밑에서 위로/ 세상 거꾸로 보기 시작하"(「박쥐란」)는 전복의 시간이기도 하다.

이러한 '바닥'의 의미를 모두 포용하면서 시인은 "깊은 바닥일수록 푸른 빛이다/ 바탕 가리지 않고 피어난 싹은/ 하루하루 자신의 숨소리 기억한다"라는 문장에 암시된 것처럼 바닥을 대지의 초록(식물)들이 올라오는 경이로운 일상으로 확장한다. 작은 것일수록 몸을 낮추고, 때로는 밟고 지나간 것에도 등을 내민 것이 '바닥'인 바, "높이에 가슴을 묻는/ 한번도 스스로 무너지지 않는 들판"으로 확고히 자리 잡는 것. 그러므로 바닥이란, 비록 "남편 따라갈 시간이라고/ 오래된 화분 꽃 다 뽑고// 햇살만 기웃거리는/ 텅 빈 아파트"(「낮술」)처럼 절망으로 점철된 시간이겠지만, 그럼에도 불구하고 "암 투병 중인 노학자의 어느 봄날, 달래듯 떨어진 발 휠체어에 올려주며 한시도 곁 떠나지 않는 젊은 햇살"(「처음이라」)과도 같은 확고한 생生의 의지가 아닐까. "가까운 사람이 떠날 때 내 안에 못이 자란다"고 고백하는, 이것이 '바닥'에서 건져내는 시인의 따뜻하고 긍정적인 시선이다.

　　가까운 사람이 떠날 때 내 안에 못이 자란다

　　못은 무게를 달리하며 굽어지고 부러지기도 하지만

　　형태는 그 사람 모습 닮아

　　바닥의 깊이 달리 한다

　　오랜 자국 검버섯처럼 피어 시간을 묻고

　　스스로 균열되어버린 자리

　　붉은 목젖 홍반 되어

　　닫히고 열고 열고 닫히고

　　반복이 일상을 두껍게 한 뒤에야

　　깊게 배인 녹

　　오래도록 그 무게 감당하고 있다

　　　　　　　　　　　　　　　　　　　　　—「못」전문

　특이하게도 시인은 내 안에 못이 자라는 이유에 대해 "가까운 사람이 떠날 때"라고 쓰고 있다. '못'의 속성상 사람이 떠나면 동시에 박히거나 뽑히는 것이 더 적합할 것인데, 그는 이 같은 의미-조화에 대해서는 아랑곳없이 '자란다'는 서술어를 쓰는 것이다. 무슨 이유일까. '박히다/뽑히다'와 '자라다'와의 차이는 작용과 반작용처럼 상당히 대조적인데, 그는 "내 안에 못이 자란다"는 문장을 과감히 사용하면서 시 전체의 무게 중심을 지탱하도록 만든다. 이러한 불협화음은 확실히 그의 문장을 모호하게 만들면서도 주도면밀하게 작품 전체에 작용한다.

내 안에 못이 자란다. 가까운 사람들이 하나둘 떠나갈 때, 그 못은 살과 뼈에 박히면서 점점 자라나는 것이다. 살아온 세월의 두께가 그러한 것처럼 내 안에서 자라는 '못'은 내가 만나 이별한 사람의 수만큼이나 많다. 어쩌면 나는 못의 인간일지 모른다. 각각의 못은 무게나 굵기가 다르고 크기와 깊이도 다르며 모양과 형태도 다르다. 어떤 것은 몸통이 굽고 또 어떤 것은 부러져 있다.

못은 자라면서 점점 그 사람의 모습을 닮아 간다. 못은 이미 그 사람의 기억이자 죽음이고, 그를 대칭하는 하나의 완전한 우주가 된다. 검버섯처럼 피어 시간을 묻는 못은, 스스로 균열하면서 "닫히고 열고 열고 닫히고"를 반복한다. 붉은 목젖이나 홍반이 될 때도 있다. 못은, 그 사람이 나를 양분으로 하여 자라는 생명이다. 못은 생활의 모든 시간과 장소에 뿌리를 내리고 결국 '나'를 뒤덮는다. 이제 '나'는 온몸에서 흐르는 녹을 덤덤히 지켜봐야 하는 것이다. "깊게 배인 녹/ 오래도록 그 무게 감당하고 있"어야 하는 것이다.

시인이 지켜보고 감내한 生과 滅의 이중주가 "오래여서/ 그대로여서// 마르고 가벼워진 몇몇/ 미장원 불빛 아래 껌벅인다/ 서로의 등에 길들여져/ 무게가 무게를 위로하는 저녁"(「소제동 골목」)에도 연주되는 것이다. 죽음으로부터 삶을 사유하는, 이 지독한 난청이 시인이 그리는 서정의 유화에 스며들며 신과 죽음을 소환해야 하는 것이다. 그리하여 결국엔 "아프지 마요// 나 거기 있어요"(「아픔은 배경 물

들인다」)라며 끝없이 '나'를 던져야 하는 것이다. 적어도 그
것이 시인에게는 시의 익숙하고도 불가해한 본령인 것이
다.

현대시세계 시인선 **123**

적당하다는 말 그만큼의 거리

지은이_ 박권수
펴낸이_ 조현석
기 획_ 고영, 박후기
펴낸곳_ 북인
디자인_ 푸른영토

1판 1쇄_ 2020년 11월 11일
출판등록번호_ 313 - 2004 - 000111
주소_ 121 - 842 서울 마포구 서교동 467 - 4, 301호
전화_ 02 - 323 - 7767
팩스_ 02 - 323 - 7845

ISBN 979-11-6512-123-5 03810
ⓒ 박권수, 2020

이 도서의 국립중앙도서관 출판예정도서목록(CIP)은 서지정보유통지원시스템
홈페이지(http://seoji.nl.go.kr)와 국가자료종합목록시스템(http://www.nl.go.kr/
kolisnet)에서 이용하실 수 있습니다. (CIP제어번호 : CIP2020045636)

이 책은 (재)대전문화재단, 한국문화예술위원회에서
사업비 일부를 지원받았습니다.

책값은 뒤표지에 있습니다.
저자와 협의 아래 인지를 생략합니다.